KB260645

송정욱 시집
虛空에 띄우는 노래

국립중앙도서관 출판시도서목록(CIP)

虛空에 띄우는 노래 : 송정욱 시집 / 송정욱. — 서울 : 한누리미디어,
2011
　p. ;　cm

ISBN 978-89-7969-414-7 03810 : ₩8000

한국 현대시[韓國 現代詩]

811.7-KDC5
895.715-DDC21　　　　　　　　　　　　　　　　　　CIP2011005414

송정욱 시집

虛空에 띄우는 노래

한누리미디어

부끄럼도 꽉 차고
어리석음에 주저도 했지만
여생(餘生)의 소멸(消滅)이 가까워 오기에
일상에서 머리 스치는 생각들을
종종 메모해 두었던 글들을
휴지통에 버릴 수 없어
서투른 두레박질로 거두어 담아 봅니다.
해방과 전쟁, 가난한 두메산골에서
고구마에 소금 절인 김치가 주식(主食)일 때
배움의 기회를 주신 부모님께 감사의 표시로
이 책(册)을 허공(虛空)에 띄웁니다.
그리고
여생(餘生) 살이에도 한 점 부끄러움 없이
당당하게 가려고 합니다.

4344년 七旬에 宋正旭

칠순에 펴낸 글을 읽고서

평균 수명이 길어졌다고 하지만 칠순(고희)은 섣부른 나이가 아닙니다. 평생을 올곧게 살아 오면서 부모님을 회상하고 절절한 아내 사랑에다 손주들을 사랑하면서 평소에 좋아하는 여행길에서 멋진 사진을 작품으로 담아 낸 열의는 정말 놀랍기만 합니다.

시시때때로 가슴 깊은 샘에서 퍼 올린 시들은 기성 시인들의 난해한 시에 비하면 정감 깃든 마음의 노래라고 말씀 드리고 싶습니다. 송정욱 선생은 《허공(虛空)에 띄우는 노래》라고 표현했지만, '가슴에 띄우는 노래' 가 된 듯합니다.

낚시터에서 엮어 낸 노래들이며 이에 걸맞게 읊은 〈섬으로 간다〉는 자신의 귀소본능에서 회상의 숲으로 마음을 옮겨 놓고 있어 송 선생의 아름다운 정감을 느끼게 하고 있습니다.

시 한 편을 골라 봅니다.

바다를 가르며 바람을 가르며
섬, 섬 사이로 신작로 만들며

이름 모르는 섬으로 간다

신호등도 없는 길
갈매기만 뒤따르고

구름이 해 가리니
뱃길은 지워지는데

반기는 사람 없어도
그래도 그래도 섬으로

이름 모르는 섬으로 간다

−〈섬으로 간다〉 전문

    아무쪼록 좋은 시를 더 낚으셔서 보태시다가 제도권 안으로 발을 들여 놓으셔도 되겠습니다. 시인의 길을 걸으시도록 부족한 사람이 추천하려고 마음 굳힐 것입니다.
    거듭 칠순과 시집을 묶어 축하 드립니다.

石人 여 해 룡 시인

목차

살면서 생각하며

제1부

목차

생각하는 여행

제2부

영원한 관계

제**3**부

목차

안타까운 이야기들

제 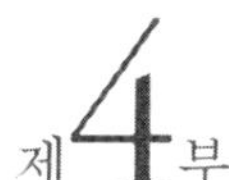4부

제1부

살면서 생각하며

사랑 이야기

희미해져만 가는
사랑 이야기
어설프기만 했던
사랑 이야기
당신은 잊었는가
나는 잊을 수 없네
달밤에 햇살처럼
숨가쁘게 토해냈던
사랑의 밀어들
잊을 수 없네

이 세상 끝날 때까지
더 강열한 사랑으로
더 은근한 사랑으로
당신 곁에서
사랑 이야기하며
영원한 외침으로 되새긴다
사랑 이야기들을

歲月

십이월이 왔다고
한숨 쉬지 마소

돼지(亥)띠니 쥐(子)띠니
뭐 달라진 것 있나요

잔설(殘雪) 비집고 새싹 오르니
달라진 듯하지만

우리 가는 줄 모르고
우리 모두 어리석어
세월 간다 탓하지요

파도

바다가 노(怒)했느냐
바람이 노(怒)했느냐
내 마음 달래려
나 여기 왔거늘

너 왜 그리도 억척스레
나 그리도 꾸짖는가
달래고 손짓해도
덮칠 듯이 밀려

바람아 멈춰다오
파도야 잠을 자다오
아쉽고 모자라면
실바람 불어주마

봄비 내리는 밤

봄비가 촉촉이 내리는 밤
골목길 토닥토닥 발자국 소리
으스스한 봄비 사이로
우산 속 연인끼리 옷깃 여미며
앵두알 굴리듯 밀애를 한다
들릴 듯 말 듯 멀어져 가네
봄비에 사랑 싣고 어디로
파아란 싹 생기 오르는 이 밤
우산 속 두 연인 어디로 가나

바람아

어디서 오는 거냐
어디로 가는 거냐

누가 보냈느냐
누가 어디로 가라더냐

보이지도 않고
색깔도 없는

잔잔했던 저 바다
너무도 무서워

기다리라면
기다리지요

그래도 비옵니다
너 잠들고
나 잠깨어

조용히 저 바다 위에
배 띄워
우리 모두 오고 가자

남해바다와 섬

황태

이름이 많다는 이유로
줄줄이 목이 졸려
덕장에서 사열을 받는다

비바람 눈보라 속에서
生을 마감하는 이 시간에도
동태인지 명태인지

黃자로 姓을 지어 족보에 올려
비닐봉지에 담고 나니
아 이놈 태자 돌림이 되었구나

황태야 이놈 황태야

(용대리 덕장 1998. 2. 28)

密愛

파아란 밤하늘 별빛 하나
검푸른 바다에 달빛 하나

나란히 앉아서 감미로운 속삭임
하늘도 모르게 밀애를 한다

파도가 밀려와 부서지도록
으스러지도록 밀애를 한다

구름이 하늘 가려 달과 별 하나 되듯
삼복더위 달구며 밀애(密愛)를 한다

(선유도에서 1997. 8. 16)

生의 耐力

지난 가을
무참하게도 잘랐건만
긴 겨울 참고 견디어
새싹이 솟는구나

보란 듯이 새잎 내밀며
꽃을 피우니 미안도 하다

이제는 알겠구나
生命의 耐力을
눈물 겹도록 아픈
生의 耐力을

가을비

가을을 보내려 비가 오는가
묵은때 지우려 비가 오는가

노랑잎 빨간잎 신작로 위에
뒹굴다 밟히다 허우적거린다

가로수 생기 잃어 알몸 되니
내 마음도 텅—비어 허—하구나

이 가을 아쉬워 창밖을 보니
겨울 문턱에 생기가 아무른다

텅—빈 가슴을 찬바람으로 채울까
허망한 세월을 흰눈으로 덮을까

가을비에 뒹구는 낙엽만을
멍하니 바라보며 빗소리 듣는다

사월 초파일

오늘은 사월 팔일 부처님 오신 날
중생을 구원하려 이 땅에 오시어
네 몸을 불태워서 열반을 하셨고
날마다 연등 밝혀 부처가 되라네

법당에 부처님상 미소를 지으니
스님들 목탁소리 득도를 하시고
불자들 염불소리 정성을 다하며
중생들 부처 되어 자비를 배우네

뒤뜰에 오색연등 어둠을 밝히고
수많은 중생들은 합장을 하고서
자기가 부처라며 관세음보살을
합장의 참의미를 아는지 모르는지

절하고 염불하고 염주를 돌리네

(봉은사에서, 1996. 4. 초파일)

봉은사 일주문

故鄕 人心

길도 옛길이 아니요
인심도 옛 인심이 아니더라

저 산만 옛산이요
저 하늘만 옛 그대로인데

허리 굽은 촌로(村老)들만
옹기종기 모여 앉아

농가 부채만 늘었다고
한숨 쉬며 반갑다니

옛 인심 그리워
발길 돌려서며 되돌아본다

1998년 한국인

빚을 얻어 집을 사고 치장하니 빚뿐이고
빚을 얻어 車를 사고 월부내니 빚뿐이고

빚을 얻어 회사 차려 잔금때니 빚뿐이지
빚을 얻어 이자 갚고 만찬하니 빚뿐이지

빚을 얻어 외국 가고 달러 쓰니 빚뿐이지
빚을 얻어 으스대다 IMF에 빚을 졌네요

(IMF 점심 2,000원)

오늘도 나 나간다

머리 빗질하고 목댕기 매고
벌레 우글대는 창자에
허기를 채운다

거울 앞에 서서 축 늘어진 어깨에
잠바때기 걸치고 허리띠 조이며
가려운 두 발에 소가죽을 덮고
어디론지 나 간다

어디로 가야 할지 오늘 나간다

짤린 일요일

싱그러운 오월의 일요일
축하 봉투 접어 넣고
결혼식장 온 지 식당 간 지
혼돈스럽구나

다진 고기 한덩이로 허기를 채우고
따스한 봄바람 스잔도 하다
삼십 년 전 나도 일요일이었지
딸도 아들도 일요일에나 본다

오고가고 주고받고 세상사 그런가 보다
오늘도 이렇게 사는 것 배워서 간다

(1999. 5. 15)

고목과 인생(老木과 老生)

古木은 나이들수록 그늘이 되고
태양을 가리고 전설이 되지
人生은 나이들수록 그늘에 가리고
육척을 못 넘고 허리만 굽지요

老木은 늙을수록 나이테가 늘고
비바람에 시달려도 늠름하지
老生은 늙을수록 주름살만 늘고
눈치에 시달리고 한숨만 쉬지요

고목은 대가를 기다리고
인생은 죽음만을 기다린다

선운사 앞뜰

흔들림

나뭇가지 흔들리지 않음은
산새들이 사랑의 둥지를
틀지 않음이지

흐늘흐늘 흔들림은
둥지 틀고 사랑을 속삭이고
있음이지요

내 마음 흔들리지 않음은
우리 모두를 사랑하지
않음이지

빨갛게 더 빨갛게 흔들림은
우리 모두를 사랑하고
있음이지요

바람 탓도 구름 탓도 아니요
사랑하면 모두들 흔들립니다

가을 문턱

가을 문턱 한밤중에
귀뚜라미 한 마리가
서글프게 울어댄다

짝 잃은 너 울음으로 버티고
외로운 나 여름잠을 설친다
포듯이 밤새니 아침이구나

가을 문턱 이른 아침에
숫매미 한 마리가
시끄럽게 울어댄다

울어도 안 오는 님 행여나 올까
번데기가 된다는 것 잊어나 볼까
귀뚜라미 매미소리 가을을 재촉한다

(1999. 8. 25)

나 IMF

태양이 이글거리는
삼복더위인데
고드름이 얼도록
춥기만 하다

메마른 땅바닥에
지렁이 한 마리가
몸 비벼 길 내며
8자로 달려간다

달려가고 있지만
어딘지도 모르고 간다

(IMF시절 1999. 9. 5.)

아파트

이제는
흙 냄새 풀 냄새 맡을 수도 없고
대추나무 감나무 알배는 소리
장대비 쏟아지는 빗방울 소리
사랑하는 연인들 발자국 소리
님 그리워 깽깽대는 강아지 소리
들을 수도 볼 수도 없네

이제는
하늘이 가까워 은하수 벗 삼고
바람소리 콧노래로 장단 맞추어
밤하늘 보름달에 얼굴 비비며
고향을 그리며 흙 냄새 그리며
어머님의 물레 소리 다듬이 소리

들으며 흥얼대다 잠들어야겠다

(아파트에 이사 와 2006. 6. 30.)

虛望한 바다 낚시

파도가 철썩대는 바닷가
낚싯대 길게 드리우고
초릿대 요동침을 숨 죽여
기다린다

푸른 저 바다 위에 갈매기 날고
먼— 수평선에 너울이 밀려 오면
고기떼 너울따라 몰려 오겠지
기다린다

초릿대 휘어지니 심장이 요동치고
낚시줄 피용피용 닐 돌려 당기니
눈먼 놈 낚시 걸려 얼굴 내밀어
미안하다

몸부림치며 끌려오다 입술 터져
와— 크다 하는 순간 도망가 버린다
虛望한 바다 낚시 그래도 즐겁다
잘 살아라

추자도 송태공

永遠한 사랑

설익은 감을 바라보며
익기를 기다리는 그런 사랑

망울진 장미꽃을 바라보며
꽃잎에 입 맞추는 그런 사랑

잡힐 듯 놓칠 듯이 손 붙잡고
허전한 마음 채우는 그런 사랑

무쇠를 녹일 듯한 눈빛으로
먼 산에 아지랑이 아롱거리듯

덥지도 춥지도 않은 따스한 사랑
그 사랑만이 영원한 사랑이지요

(명규 딸 시집 가는 날 2005. 5. 25.)

靑春이란

가슴이 뛴다는 것은
靑春이란 뜻이지

숨이 차다는 것은
사랑하고 있기 때문이지

눈동자가 마주치면
열정에 불꽃이 튀고

입술이 마주칠 때면
하늘 무너짐도 몰랐지

청춘이란
가슴 뛰고 숨차면 모두 靑春이지

酒黨들 言約

마음을 확 열고
가슴을 확 풀고
情이 확 넘치게
사랑을 속삭이듯

술잔을 가득히 채워
강물처럼 굽이굽이
술상의 말(言)잔치가
취중이라 하지 말고

내일에 필요한 소금이 되고
삶에 필요한 藥이 되게 하세

좋은 생각

山에 가지 않아도
산이 보이고
푸르름도 있고
산새소리 들리고
가재를 잡는다

바다에 가지 않아도
바다가 보이고
청파에 배가 다니고
갈매기가 날고
낚시도 한다

늘 나는 기쁘고 즐겁다

허수아비

큰 소리 쳐도 안 되고
움직여도 안 되지요
그저 말없이 새떼만 쫓으면 되지
그래도 주인은 칭찬도 없다

여름 가고 가을 와
가을걷이가 끝나면
주인 눈치만 살피다가
불쏘시개 되어 소멸되리라

아파트 승강기

품에 안긴 하얀 강아지
반갑게도 눈짓하는데

주인여자 눈 돌리며
거울만 쳐다본다

강아지가 주인여자
안았으면 물었으면

미소 지면 반겨 할까
미소 주는 이웃 될까

승강기 문은 열리고
어디론가 안고 간다

비움

큰 절에 가서 합장을 해도
작은 절에 가서 108배(拜) 해도

자비(慈悲)는 하나뿐이고

큰 집에 살며 잠을 자도
작은 집에 살며 밥을 먹어도

인생(人生)은 하나뿐인데

봉은사 대웅전 처마 끝

참회(懺悔)

거울 앞에 서서
내 모습을 본다

닦아도 닦아도
지워지지 않는
때묻은 모습을
감출 수는 없어

새 거울 다시 보며
참회(懺悔)라고 쓴다

눈이 쌓이면

눈이 내리네
눈이 내리기 전에
내 마음 전할 걸
눈이 쌓이면 잊어지니

눈이 내리기 전에
恨의 사연 전할 걸
눈이 쌓이면 마음이 변하지

눈이 내리네
눈이 내리기 전에
마음을 비워 버릴 걸
봄 올 때까지 기다려야 하고
쌓인 눈 속에 묻어야 하니까

연(鳶) 처럼

끈에 매여 더 날지 못하고
바람 불어 내리지도 못하고

끊고 날으면 영영 못오겠지만
당겨 붙들면 깨져 버리겠지요

끊지도 못하고 당기지도 못하고
하늘만 바라보며 긴 한숨 쉰다

차라리 차라리 비바람 불어
으스러져 버려라

아무 물정도 모르고 촐랑댄다

해가 서산에

피어날 듯하다 시들고
잡힐 듯하다 도망가고

달리다 쉬다 지치고
바쁘게도 임오년(壬午年)이 왔구나

태풍에 구름 밀려가듯
시각이 똑딱거리고

빨리도 서둘러 감을
이제야 눈치채는구나

나 저 산비탈에 서서
한 발 띄고 아슬하고

서리맞은 야생초처럼
흐늘거리고 있구나

해가 서산에 머무니
임오년 초월

빛 바랜 사진 속

40년 전에는
돌아서면 또 보고 싶을 때
남산에 올라
素月의 詩碑 앞에서
〈산유화〉 詩를 읽으며
사랑 이야기 늘 했지
벌써 옛 추억이 되고
그리움만 남네
이제는 쑥스럼뿐
그래도 속으론 사랑하겠지

제**2**부

생각하는 여행

우리들

우리들 오늘
8밀리 흑백 영사기를 돌리면서
사골 국물을 울궈 내며
싱거우면 소금 뿌리고
짜면 술잔을 돌리면서
반갑다고 시끌벅적
별이 하늘에 반짝이는 줄도 모르네

우리들 오늘밤
시계를 오십 년 전으로 돌리며
잘난 놈 못난 놈 다 모여
학창시절 실타래 뭉치를
헝클어지면 풀어주고
꼬이면 돋보기를 걸치고
즐겁다고 아쉽다고
해 올라 날 밝은 즐도 모르네

(지리산 동창 모임 2009. 10. 18.)

漢江

북한강과 남한강이
양수리에서 사랑하더니

아차산을 뒤로 하고
광진과 강동을 남북으로
나누어 가르며
숨죽여 흐른다

만남이 싫었느냐
사랑이 시들었나
더는 험한 얼굴 말고
푸르고 이쁘게만 가다오

江은 물길이고 生命줄이니

智異山

生命들 살고 있는 곳
나눔이 춤을 추는 곳
더불어 속삭이는 산이여
평화만 노래하는 산이어라

계절 따라 속옷 바꾸며
천만 년 그대로이어라
섬진강만이 널 알리라
흐르는 강물만이 널 알리라

욕심쟁이 낚시꾼

저 바다 노여워 출렁거릴 때
낚시줄에 욕심(慾心) 매달아
멀리 던져 버리며

어리석은 내 마음 달래줄 거라고

내 마음 음란하게 괴로울 땐
던져진 낚시줄 당겨 보아라

바다는 날더러 욕심쟁이라 한다
비워야 할 마음 비우지 못하고
소식 없다 고기 없다 투덜댄다

새해맞이

낙산사 바닷가
어둠을 비집고
새벽을 설치고

수많은 중생들
추위를 녹이며
초롱한 눈(眼)들이

바다 끝 동녘만을
눈 비벼 기다린다
새해는 구름 속에

아서라 새 아침은
구름 속 머물고
찬란한 일출은

우리 가슴 속에 가득하리라

(낙산 의상대에서 1999. 1. 1.)

낙산사 의상대 일출

설악산에서 만난 사람들

명동에서 만났던 여자
강남에서 보았던 남자

전철에서 만났던 아줌마
버스에서 보았던 아저씨

모두 다 여기 왔네요
만나 반갑고 보아 즐겁다

사시사철 인파에 시달려도
설악산은 옛모습 그대로구나

해가 산너머로 기우니
발길 재촉하며 옷깃 여민다

(1998. 2. 27.)

홍도 가는 뱃길

바다가 술렁인다 여객선은 춤을 춘다
아우성을 치고 장대비 맞은 듯

비닐봉지 입에 물고 비명을 지르고
진땀을 흘리며 바닥에 뒹군다

보석상 난 싫다 치과도 난 싫다
파도야 멈추어라 살려 달라 한다

흑산도에 내려 한숨 쉬더니
언제 싫다 했나 하더라

(이청회 여행 1998. 11. 1.)

선유도 日沒

구름 속으로 바다 속으로
오늘을 마감한다

하늘 끝 수평선 끝으로
뜨겁던 태양이 진다

못다한 사랑 노래 아쉽게도
내일 보자며 몸을 감춘다

어둠은 더해 오고 섬 사이
파도는 거칠어만지고

세상 물정 모르는 나더러
발길 돌려 잠들라 하네

선유도 일몰

동행(同行)

생각이 달라도 같이 갔었고
느리고 빨라도 같이 걸었고

맛있고 없어도 같이 먹었고
잘나고 못나도 같이 즐겼지

있어도 없어도 같이 나누고
빈말도 참말도 같이 웃었지

그래도 동(同)행은 나눔이지요
그래서 자비(慈悲)를 알았습니다

(남도여행에서 2011. 3. 28.)

보성 녹차밭 입구

땅끝에서

누가 여기 땅끝이라 했나
저 건너 더 더 가야 끝인 걸

종이배 접어 노 저어가면
산도 있고 나무도 있는데

야—호 메아리소리 닿는 곳
저 섬이 땅끝인 걸

저 구름 둥실대는 곳
저 섬 저 바위가 땅끝이어라

(해남 땅끝에서 2009. 3. 25.)

동해 감포 바닷가

두륜산에 올라

갯바람에 온몸을 절이고
허파가 요동치니
새가 되어 날고 싶구나

눈동자는 바빠지고
마음은 넉넉하니
구름 타고 날고 싶어라

저 바다 섬 사이로
통통배 어디로 가는가
섬, 섬에 천사가 사나 보다

지국총 지국총 어사와
고산처럼 머물고 싶어라
저 섬 천사와 살고 싶어라

(2010. 10. 30.)

살짝이 옵서예

가려무니 오려무니 비구름아
한라산 산자락에 살품이춤
흐늘흐늘 두둥실 옷고름 푼다

가려무니 오려무니 비바람아
서귀포 앞바다에 파도 춤소리
철썩철썩 와르르 가슴 서늘하다

가려무니 오려무니 가을비야
푸르른 가로수 뽑힐 듯한 춤
주룩주룩 우당탕 옷자락 붙잡고
살짝이 옵서예라 하네

(2006. 11. 26.)

小鹿島

오고 싶어도 못 오는 섬
거시기만 산다는 섬
갈매기만 오고 가고
흰구름만 지나는 곳
이제야 찾아와
보리피리* 불러본다

천국처럼 아름다운
소록도 小鹿이어라
눈물도 마른 섬새들
이제야 왔느냐
삐죽삐죽 반겨 주며
보리피리 노래한다

머물고 싶어라
아름다운 소록도여

* 보리피리 : 한하운 시인의 시

방콕 여행

누가 오라 했나 덥고 멀다 하게
파리 날개에 매달려 앵앵거리며

구름 위에 해 등지고 바람 가르며
삶을 달래고 情을 다지려고

누가 자라 했나 무더운 이 밤에
두 시간 시차(時差)에도 긴밤 지새며

마누라 잠 깰까 숨을 죽이며
냉방기 멈추어 잠을 청하니

꿈은 다 깨지고 동이 트길 기다린다

작은 섬

저 넓은 바다에 작은 섬
누가 사는지
통통배 한 척 물가르며 간다

깎여진 절벽 아래
허물어져 간 돌담집 하나
풍랑에 못 견디어 스잔하구나

잡초 사이 길이 있나
바위 틈에 샘이 있나

토종새 한쌍만이
둥지를 틀고
주인 오길 기다리며 사나 보다

중도의 무인도

섬으로 간다

바다를 가르며 바람을 가르며
섬, 섬 사이로 신작로 만들며

이름 모르는 섬으로 간다

신호등도 없는 길
갈매기만 뒤따르고

구름이 해 가리니
뱃길은 지워지는데

반기는 사람 없어도
그래도 그래도 섬으로

이름 모르는 섬으로 간다

(2002. 2. 1.)

두륜산 정상에서

白潭寺

가을 노을은 산허리 가리고
겨울 채비에 스산한 계곡

노오란 잎 아픔을 달래고
빨간 잎은 피를 토하듯 뜨거운데
님*의 노랫소리에 가을이 간다

겨울을 이기려고 잎을 떨구고
의지 없는 나뭇가지 산새 한 마리

긴 겨울 눈보라에 어이 하려고
목마름 흐느낌으로 꼬리만 친다
백담사 종소리가 발길 재촉한다

(2002. 10. 23.)
* 님 : 萬海 한용운 님의 〈님의 침묵〉

백담사 용마루와 연등

겨울 雪岳山

몇만 년을 자랐느냐
몇억 년을 자랐는가
무얼 먹고 자랐느냐
무엇으로 깎았는가

할미바위 울산바위
다듬은 듯 오묘함을

멀리서만 바라본다

만년 전도 그랬던가
억년 전도 저랬던가
비바람에 씻기어서
넘어질 듯 덮쳐올 듯

허물 많은 나에게로
굴러올 듯 아슬하다

(2002. 1. 30.)

월정역

끊어진 철로 옆
갈갈이 찢어진 객차 한 량이
못달리는 한을 품고
잡초에 묻혀서 한을 달랜다
전쟁의 아픔을
저만이 쓸어안고 녹슬고 있구나
멀고 먼 나진을
언제 가려고 누워만 있느냐
너 고향이 어디냐고
묻기도 전에 산새 한 마리 푸드득
남쪽인가 북쪽인가
날아가 버린다 울면서 가나 보다

(1999. 9. 17.)

낙안읍성 장독대

백운계곡

폭우(暴雨) 휩쓸려 다 씻기우고
깎이고 벗겨져 부끄럼도 없이

벗을 것 다 벗고 가린 것 없이
뜨거운 태양을 미소로 유혹한다

선녀가 벗고 누운 듯 볼록바위
얄궂은 눈빛으로 모두 더듬는다

(1999. 8. 10.)

보라카이 바닷가

대나무도 아니요 소나무도 아닌
곧고도 높게 하늘에 닿을 듯
파아란 열매에 목이 아프구나

밀가루도 아니요 모래는 더 아닌
파도에 너울너울 만 년인지 억 년인지
하얗게 하얗게 어울려 살고 있구나

맑고 푸르른 수평선에 고국을 잊고
바다 위에 둥실대는 흰구름 날 부르니
양팔에 날개 달고 훨훨 날고 싶어라

(2003. 11. 6.)

보라카이 바닷가

발리의 日出

여정(旅程)에 잠 설치고
구름 타고 멀리서 왔지
보란 듯이 반기듯이
얼굴이나 보여다오

얄미운 저 구름아
비 뿌리고 어서 가라
두 손을 높이 들고
야자수 그늘 아래

내 그림자 접게 해 다오

(2002. 12. 8.)

발리의 일출

제3부

영원한 관계

부모(父母)님 말씀

동 트면 사립문 열어
길손 부르고
해 오르면 방문 열고
해 반기라 하셨지요
가난해도 늘 넉넉하셨고
예의 바른 사람 되라며
당당하셨지요

새벽에 잠 깰까 살며시
가난을 잊으려
봇짐장사 나가시며
굳은 땅에 물 고인다
타이르시며
이삼 일 걸릴 거다
어둠을 비집고
영영 못 오실 장삿길

어머님의 빈 자리

오늘밤 유난히도 별이 총총하네
저 하늘 별중에 큰 별 되시어
어두운 밤 세상이 훤하게 비추시니
우리 모두 우러러 봅니다
허나 메울 수 없는 빈 자리입니다

이제는 그 못다함을 큰 별 보고 빌고
이제는 가슴 속에 큰 별을 안고서
그리웁고 따사로움으로 큰 별을 섬기며
늘 불러 보렵니다
늘 바라만 보렵니다
그러나 메울 수 없는 빈 자리입니다

(어머님 기일에 1996. 5. 28.)

어느 사찰의 연등

先山에서

아부지 엄니 묘지 앞에
고개 숙여 문안 드리니
왠지 모르게 목이 메이고
옛날 옛적이 머리 스친다

아부지 동도 트기 전 일어나시어
대통에 담뱃불 붙이시면
엄니는 '저 영감 잠 깨운다'
돌아 누우시면
'저 망구 버릇없다' 호통치셨지

돌아오다 다시 보니
아부지 엄니 태연히
나란히 다정히 잠드신다

어버이 날

오월은
푸르름도 반겨줌도 없네
꽃집 앞에 멍하니 서 있네

주인 없는 카네이션 앞에서
부모님 모습 저 앞에 서네

오늘이 다시 와도
그리움만 더하겠지

남쪽 하늘 바라보며
님의 품 그리워하네
카네이션만 바라보네

(2001. 5. 8.)

사각帽

사각모 쓰고 있는 너
사각모의 의미를 너 알고 있느냐
봄이라 하긴 너무 이른 늦겨울
두 손을 높이 들고 저 하늘을 보아라
너 아느냐 사각모자의 참뜻을

천사백육십 일 열정의 사각모
허전함과 대견스런 사각모
미래를 사각모에 담고 둥지를 떠나
꿈과 희망을 찾아서 새 길을 간다
너 아느냐 사각모의 참뜻을

나 날개 달고 하늘을 날고
너 사각모의 참뜻 찾아 길 나선다

(아들 졸업식에서 1996. 2. 23.)

식단(食壇)

나 싱겁다 하면
투정한다
삐죽삐죽 눈 흘기고

손주 녀석 맵다 하면
그래 그래
할미 탓이다 웃어 주고

삐죽도 눈흘김도
사랑 사랑의
노래로 들어야 하지

민석아

수많은 상상들이
실타래처럼 꼬여 있어
하나둘 풀어 가나 보다
너무 얄밉고 예쁘구나

너 철들고 자라면
이 할비는 늙어갈 텐데
오늘처럼 이쁘게도
할비 할비하며 따라올 건지

늙었다 미워해도 좋고
안 따라와도 나는 좋다
저 넓은 하늘 가슴에 품고
착하고 건강하게 자라만 다오

(세 살 첫 손자 1999. 5. 5.)

세 살 孫女

잘 익은 앵두알처럼
설익은 사과처럼
이쁘고도 또 이쁜 놈

세 살 손녀 또로록 달려 와
할비 할비 하면서
덥석 내 품에 안긴다

한없이 내 품에 안겨도
싫지 않을 텐데

엄마 엄마 하면서
나비처럼 날아간다

그래도 그래도 이쁘다
한 놈 두 놈 양 무릎에 앉히면
더욱더 이쁠 텐데

보고 싶은 이유

나는 너를 늘 본다
지하철에서도 버스에서도
늘 보고 있다

보다가 모자라면
살며시 보듬어 안아도 본다
너 지금 무얼 하고 노느냐

또 보고 싶을 땐
꿈을 꾸면서 바라본다
내 마음 몰라도 괜찮다

너와 나의 관계는 변할 수 없고
그리워짐은 관계(關係)이기에
널 늘 보고 있단다

(보고 싶은 날 할비가)

파갈 것 하나

내 마음 텅—비어 구름 위에 뜨니
앞마당 강아지만 눈치를 챈다

人倫 대사에 순응을 하고서
하늘만 바라보며 눈만 깜박인다

창문 밖 라일락꽃 바삐도 지니
저 꽃망울도 내 마음 아나 보다

퍼갈 것 없어도 파갈 것 하나뿐
동남쪽 꽃밭에 곱게 곱게 옮겨서

꽃 피고 탐스런 열매 거두어
주렁주렁 매달고 다시 만나자

(장녀 시집 보내며 1994. 9. 4.)

울컥하구나

웬지 자꾸 목이 메어
잘 가라 배웅도 못하고
너희들을 보낸다

거처는 정했느냐 겨울이 길다는데
솥은 걸었느냐 인공식은 안 되는데

잠은 잘 자느냐 시차가 길다는데
애들은 좋아하느냐 낯선 이국인데

이제는 꿈이 아닌 현실
후회 없는 도전이다
즐거운 날 올 것이니

이 애비 그래도 울컥하구나

(2004. 8. 30.)

結婚 40年

사랑도 많았소
다툼도 많았소

어느덧 사십 년이
사랑이 시들어가나 싶소

이제 흰 머리카락 숯고
돋보기로 육십을 보는구려

보느니 허망하고
세월이 야속하네요

그래서 더욱 당신뿐이고
그래도 난 늘 고마울 뿐이오

천국이든 지옥이든
나 먼저 가고 싶소

(2008. 5. 7.)

남해 보리암 뒤 위험한 괴석

回甲잔치

청해진 푸른 바다 위에
쪽배를 타고
어리석고 연약했던
육십 생일을 자축하네

낚싯대 드리우고 어신(漁信)을 기다리며
느슨하게 살았던 육십살이를
초릿대 흔들림으로 달래 본다

어스름히 저무는 해를 등지고
깊은 바다 속에서 여생(餘生) 찾으려 하니
더욱더 어리석구나

(청산도 회갑잔치 2003. 1. 25.)

보내 드립니다

오늘 유난히도 춥고
눈이 많이 내리네요

천둥 벼락 소리에
당신이 가심을 믿지 못합니다

당신이 곱게 잠드실 때
나는 한없이 울고 있습니다

허망하지만 보내 드리려
이별을 고하려 합니다

하얀 봉투에 눈물을 가득 담고
검은 봉투에 눈물을 가득 담아

주소도 쓰지 않고
이름도 쓰지 않고

저 하늘로 띄웁니다
안녕이란 말도 없이

(형수님 가심에 2010. 1. 2.)

제4부

안타까운 이야기들

아내 잃은 친구에게

별들이 반짝이는 깊은 밤에도
소낙비 쏟아지는 우산 속에서도
두 손을 붙잡고 입술 비비며
언제까지 사랑하고 같이 살자 했지

왜 언약이 깨지고 허탈과 슬픔으로
이제 외롭게 서 있는 친구야
그 진한 사랑의 이야기들
아내의 영혼과 함께 잊어야 하는가

오열을 참고 성모님 앞에 기도하는 너!
아내는 흰 나비 되어 저 하늘 날고
그대는 나그네 되어 남은 길 혼자 가는가
이제는 원망도 탓도 말고 손수건 접어

편안히 가시게 눈물을 거두소서

(친구 아내 영결식에 1994. 4. 11.)

證言

?

여름날 아침 7시 경입니다

?

횡단보도는 조금 지났습니다

?

차는 달아나고 살려 달라 했습니다

?

가로수 밑에 옮겼습니다

?

그러나 곧 피 흘리며 숨을 멈추었습니다

?

참으로 불쌍하고 미안했습니다

?

쌍방과실로 생각됩니다

?

이름은 고양이였습니다

?

사실입니다 이상 證言합니다

개나리 弔鍾

광나루 강변에서
꽃망울진 가지 하나 꺾어
베란다 화분에 곱게 꽂고
조급하게도 봄을 부른다

지난 겨울 너무 길어
봄 소식 재촉했지

필 듯 말 듯 입술 다물고
흐느적거리며 한을 품는다
시드는 가지에 弔鍾을 달고
문상(問喪)을 하고 있구나

(2003. 3. 30.)

노래 잘한 忍冬草

장춘단 공원에서도
보라매 공원에서도
민주주의 노래를
남북통일의 노래를
박자도 곡조도 틀리지 않고
목청 터질 듯이 잘 불렀지요

부르다 부르다 지쳐서
이제는 가십니다
무한의 흰 장미꽃 송이
시들어 쌓여짐은
슬퍼 울다 지침인가요
그래도 아쉬워 한 송이 바치오며
이제 모두가 名曲 만들어 바치오리다

(2009. 8. 18.)

광나루 가을길

애비의 마음

꽃처럼 왕처럼
널 바라보고 살았는데
너 애비는 어찌하라고

통곡하고 광란하며
몸부림치는 너 애비
차마 볼 수가 없구나

우주선도 타지 마라
비행기도 타지 마라
구름 타고 바람 따라 가라

뒤돌아 보지도 마라
손 흔들지도 말아라
선양 소식 전하지도 말아라

훨훨 편히 잘 가라
너의 애비 밤하늘
은하수 속에서 너를 찾을 거다

(상익아 울지마 2008. 12. 4.)

生死一如

누가 그렇게 가시라 했나
누가 그렇게 아프게 했나요

후회없는 삶에서 미련없이
떠나심이 정말로 바보님

자전거에 밀짚모자는 어디 두고
미워하지 마라 운명이라 하나요

生死一如 너무 빨라 모두 울고
바보 상자 앞에서 손수건 짭니다

(2009. 5. 29.)

선운사의 쉼터

훨훨 털고 가라

그 놈 참 괜찮은 놈인데
한 줌의 재가 되어
저 하늘로 바람 따라
훨훨 날고 영정(影幀)만 보인다

흐늘흐늘 눈망울로
손 흔들어 널 보내는 나
목메임으로 애통해
젖은 손수건을 짜고 또 짜고

잘 가라 뒤 보지도 말고
고통과 아픔이 없는
편안한 천국에서 살아라
나 주막집 술잔과 얘기하리라

훨훨 편히 가라 뒤 보지도 말고

(광호야 잘 가라 2006. 6. 12.)

소록도 소나무

송정욱 시집

虛空에 띄우는 노래

·

지은이 / 송정욱
펴낸이 / 김재엽
펴낸곳 / 한누리미디어
디자인 / 지선숙

·

121-840, 서울시 마포구 서교동 395-13 서원빌딩 2층
전화 / (02)379-4514, 379-4519
Fax / (02)379-4516
E-mail/hannury2003@hanmail.net

·

신고번호 / 제300-2006-61호
등록일 / 1993. 11. 4

·

초판발행일 / 2011년 12월 15일

·

ⓒ 2011 송정욱 Printed in KOREA

·

값 8,000원

·

※잘못된 책은 바꿔드립니다.
※이 책의 사진을 이용하려면 저작권자의 허가를 받아야 함

ISBN 978-89-7969-414-7   03810